simone lappert

längst fällige verwilderung

gedichte und gespinste

DIOGENES

Lektorat: Tristan Marquardt
Covermotiv: Design von Rahel Bünter

Die Autorin dankt dem Fachausschuss Literatur Basel
und der Stadt Zürich (Arbeitsstipendium Covid-19)
für die großzügige Unterstützung der Arbeit
an diesem Band

Der Diogenes Verlag wird vom Bundesamt für Kultur
für die Jahre 2021–2024 unterstützt

www.diogenes.ch
40/22/852/1
ISBN 978 3 257 07189 4

für meine grosseltern

lückenlos

du kannst alles noch einmal zählen, es fehlt
nicht an windmessern, platzbauten, zeit.
nichts hat sich verschoben im tarngut,
im wintergebiss dieser nacht.
von pech bis pochen zählt alles zum rest,
ausser dir bewegen sich alle:
in schneegeschwindigkeit, flockenfolgen.
sie weichen sich aus, weil sie da sind,
schultern und kragen wie segel gesetzt,
dem wind und einander entgegen.
du duckst dich und wartest, zählst alles noch einmal:
die vögel, die pfützen, den halben mond,
weil niemand dich sieht und ins gemenge ruft,
weil du noch immer nicht weisst, was fehlt.

schlaflos

als ob da im dunkeln was umkippt
hinter dem brustbein, beim atmen versickert,
jetzt, wo die luft so kühl und die blicke der andern
so zugefenstert, als ob da was scheuert und knotet,
als ob die ellbogen einwärts knicken
und durch die rippen nach innen wachsen,
als ob auch die hände einwärts ästeln,
als ob da ein wald unter der zunge,
ein blättriger störton im hals,
und dann das krachen der äste hinter den augen,
die zunehmende vermoosung der gedanken,
bis da aussen ein wald ums bett
und innen die fäuste, im rippentresor.

2013

es ist nur noch ein leises da:
hinter dem zaun das haus und die geschrumpften zimmer,
die hierarchie der birken leicht verschoben,
zwischen den zweigen lücken, die es damals schon gab.
die gerüche im hausflur zerzaust erhalten,
und was kümmert den hasel sein wachsender schatten,
was die hagebutte der fortgang der zeit,
zwischen den halmen, im flickwerk der felder,
fläzen kinderjahre auf der abgespielten haut.

langschlaf

dein händegeweih, und zwischen den lippen ein wortwild
ganz scheu, seine hufe dampfen vom laufen im moos,
so sprichst du, den rücken noch feucht vom liegen darin,
und alles im zimmer bleibt unterholz nach solchen nächten,
bleibt wurzelwerk, und die ohren nach innen.

1992

du hattest beschlossen, dich bis zum gefrierbrand zu monden,
bis zur verbleichung durch den schnee zu stapfen,
und stehst jetzt stattdessen so knie gegen heizstab,
taust gedanken auf, beschlägst die scheiben.
hinterm kondensat der durchstapfte rasen:
aneinander geflockte weggehversuche, unbemerkt,
klein und tiefgefroren. stehst ganz handwarm jetzt,
in deiner radiatorenstille, und enteist die wut in deinen fäusten.

entschuldigung, wo kann ich hier ungestört scheitern?

fluchtweg

die strasse im dunkeln bei neunzig kmh,
weisse striche auf beton: ein schnittmuster,
quer durch die landschaft gelegt. die kühlerhaube schneidet
die strasse stück für stück, macht einen scherenschnitt aus zeit
und deiner angst zu bleiben. scheinwerfer kegeln bäume
aus der dunkelheit ans fenster, zum posieren
an den strassenrand: hostessen der nachtfahrer,
ihr unterholz raffend, rücken die kronen zurecht im wind,
stehen schön in der gegend und helfen nichts.

weit weg genug

in der prallen pampa, kurz vor albany,
knacken gedanken an dich auf: angedellte wunschkonserven.
ortswind oxidiert diesen heimlichen sommer,
in dem alles nach innen wuchs, was mich an dich verraten hätte,
schüttelt möglichkeiten ab: prekäres fallobst,
for the birds, sagt man hier, wenn etwas vergeblich ist.
die vögel in der zahmen pampa, kurz vor albany,
sagt man, sie fressen alles.

übung

schon wieder einen tag verfüttert
an die tauben auf dem dach,
zurückgestarrt in die holunderpupillen,
beim anflug der spatzen eine faust gemacht.
schon wieder keinen saft gepresst und den brief nicht
zur post, stattdessen punkte aus den seiten geschüttelt,
druckschwarze süsse unter der zunge,
nur risse im boden und lücken im mund,
kein ausflug, aufsatz, beitrag an die bienen,
keine welterschütterung. um dich herum gedanken
wie fruchtfliegen, fressen dir die buchstaben
aus der hand. bist weder wildherzig noch rau
noch vogelknochig, greifst nicht nach den beeren,
deponierst deine träume im endlager
der zuversicht. und wenn es ankommt auf dich:
wie übst du dann nachsicht mit dir?

kleine eiszeit

es ist jetzt still und kühl unter den gewitterbäumen,
der schnee hat sich ungefragt übers erste grün gelegt,
wie ein keimling steh ich schon seit märz im frost,
nichts als schmelzwasser im kragen. nächte sickern
weiss durch die wimpern und blenden von innen,
versengen das kerngehäuse meiner geduld.
ich könnte mir von kamelen erzählen,
vom schatten der lamellen im sommer an der wand.
stattdessen lausch ich dem wasser in meinen stiefeln,
verkapsle mich entlang der fontanellen.
erinnerungen wie kleine grüne erbsen, die von innen
gegen die schote drücken. und jede gärtnerin weiss:
was den ersten frost überlebt, wird süsser.

der schnee übernimmt hier keine haftung.

amour fou

andere haben flugzeuge im bauch,
du nur leere landebahnen.
seit heute streiken sämtliche lotsen,
bis anhin ohne forderung.

lieblingsmensch

ich stürze mich in deinen brombeerblick,
will wurzeln schlagen hinter deinen ohren,
wo du nach katze riechst und sommerfell,
ich will moosraufen und mohnwälzen mit dir
und ohne adresse hausen am hang.
ich will all deine schatten streicheln,
in deinen dunklen ecken singen,
ich will dir sämtliche monde kaufen,
eine veranda und einen schaukelstuhl,
ich will dich einatmen und aussprechen,
mich rau reden an dir.

#strawberrymoments

selbst wenn wir liegen, mit den ohren im gras,
den mündern in der sonne, den händen im salbei,
mit erdbeerzungen einander süsses sagen:
sorgsam gepflücktes beschwichtigungsobst,
selbst wenn wir hashtag an hashtag
labiles gewissen umhegen: strawberry fields forever,
selbst dann kandieren wir insgeheim
ein paar idyllen für später, für tage, die mager sind,
den outgesourcten frost, der heimfinden wird,
irgendwann, und die früchte verbittern.

so viel gefüll.

fakt

aus jux
rücken die felsen
über nacht zusammen,
die hiesigen
verlieren darüber
den verstand.

oberhalb

sie hat etwas heimliches, die frühe hier,
macht fenster zu feldstechern:
feierlich stellt der morgen bäume scharf
und rollt von osten her die landschaft auf.
über nacht wurde vereinzelt farbe nachgetragen,
die stille hat flechten angesetzt
und ein paar vögel verteilt,
um sich zwischen ihnen zu beweisen.
sie hat etwas heimliches, die frühe hier,
macht mich zur statistin, stirn gegen glas,
die wolken auf scheitelhöhe.

entschuldigung, wo kann ich hier unbemerkt scheitern?

marmeladenbrot

für janine nançoz

an guten tagen entfernte grand-maman
mit gezacktem messer weissbrotkrusten,
trug grosszügig margarine auf,
zuletzt mit dem löffel erdbeergelée,
das auf dem streichfett zu kleinen inseln verrutschte.
an allerbesten tagen schnitt grand-maman
das brot entlang der küsten
in briefmarkengrosse nachmittagsbissen:
postkarten an die erinnerung.

nur im radio

ich weiss noch: das dorf und der kreuzplatz
hinterm kreisel, wo kadetten sich bei den schaukeln trafen,
luftgewehre an die brust gedrückt, sie probten erschiessen
fürs sommerfest, schoben stolz kanonen durchs gras.
und hinter der autobahn am horizont der kühlturm,
niedliche wölkchen, fast echt. die mauern nur kniehoch
vor den geranien, die grenzhäuschen richtung urlaub
schwach besetzt, im autoradio starben immer auch kinder
und ich hab widerworte vom rücksitz gerufen,
in der kapelle kerzen angezündet, ohne zu zahlen.
den fitnessteller im hirschen gabs neu mit trutenbrust,
vor dem schulhaus verteilten soldaten schokolade,
und jemand bat auf buntem papier
zur halloweenparty im luftschutzkeller.

familienfest

deine mutter trägt noch immer badeanzüge in aquamarin,
dein vater wappnet sich wie eh und je mit zahnfleischlachen.
ihr esst jetzt tofu und manches ist verdünnter,
ist mild und weichgeduldet zwischen den jahren,
lose gebannt in der abnabelung.
nur hin und wieder stolperst du
über liegengebliebene steine auf der brust,
schlägt ein verjährter blitz ins brustbein,
macht dich vierjährig und roh.

erwachsen bist du, wenn schon lange niemand mehr ein brot für dich gestrichen hat.

nachklang

geräuschlosigkeit kämmt das trommelfell aus,
entzaust den lärm der jahre, macht dich ganz ohr
und da. die stille eine abtastnadel, fährt erinnerungen lang,
spielt noch einmal ab, was war. nicht aufstehn jetzt,
nur blinzeln und atmen und leise bleiben,
warten auf den hidden track in diesem unbehagen.

ich wehre mich nicht, ich roste.

widerspruch

schief steh ich
zwischen den zankenden möwen,
beneide sie um ihre windfestigkeit
und ihre warmen bäuche.
sie picken mein hart gewordenes brot.
trauere nicht, sagen die möwen,
es warten noch weichere tage.
die flauschigen! sie wissen nicht,
dass mit der zeit nicht nur brote
nach innen verhärten.

frage

es lückt und lückt, überall,
wie von gezogenen zähnen
lückt die zeit in sich hinein,
einwärts verbissen in den kiefer,
verwachsen stunden im skelett
und nagen am mark. sag,
wie kommt man noch gleich
ohne zukunft durch den winter?

neujahr

auf der casinobaustelle stehen die bagger still,
eine taube pickt sandwichkrusten
aus dem frostspiegel einer proseccopfütze.
das neue jahr ist noch kahl und rutschig,
gut möglich, dass es blufft. faîtes vos jeux,
sagt die anzeige am baugerüst und blinkt,
bevor sie werbung macht für heckenscheren.

entschuldigung, wo kann ich hier ungebremst scheitern?

bewältigung

du schiebst die krise
im zickzack über den rasen,
die blumen lässt du stehen.

venusäpfel

weisst du noch, ich hab dich gebissen
unterm quittenbaum, um uns die pelzigen früchte,
dellig gelbe planeten, kreuzten unsere leerlaufbahn.
wir haben unsere rücken an der rinde geschürft,
kometen von den zweigen gerüttelt, ein paar verglühten im gras.
ich wünschte, ich hätte gelée gekocht aus diesem tag,
wenigstens ein kleines glas. dein bart knirscht mir noch
zwischen den zähnen, wenn irgendwo eine quitte bricht.

gfroreni beeri

im wintertrochne efeu nuschet en amsle
und d sunne nuschet im februargrau,
d luft überem see nuschet ide lunge und
s isch so chalt, dass eim d sätz vor de nase bliibe hange,
drum schwiigi sit es paar täg.
s isch no warm gsi, woni mis härz vernuschet ha
i dine chüssi, amene himbeeroobe im spoote auguscht;
und immer no hoffi, dass ds findsch und di mäldisch,
bevor d beeri an de büsch wider riiffe.

entschuldigung, wo kann ich hier unnahbar scheitern?

glühmotten

in der eckbar unterm tisch
lass ich meine hand in deiner
klein werden und warm,
wir wissen beide nicht, wonach wir suchen,
sind streunende motten im gedimmten licht,
picken zwischen salznüssen sätze,
sachte, nicht zu viele auf einmal,
sind froh um den regen, der uns verzögert:
noch ein glas, noch eine bahn, noch ein satz
zwischen den nüssen, tasten uns die tischkante lang,
verschieben hier einen ärmel, dort einen saum,
während gezuckerter jazz für uns lügt
und eine schnittblume im wasserglas,
heute nacht werden wir nichts mehr retten,
werden nur noch eine weile diese unschärfe feiern,
unter tief hängenden lampen umeinander faltern,
bis wir im dunkeln leuchten.

»i'm taking trains like medicine.«

»i have weird dreams with artichokes.«

füchsin

manchmal legst du dir dieses bild
wie eine stola um den hals,
bevor du jemandem gefährlich wirst:
den blick der füchsin am frühen morgen,
ungetarnt im schnee, die gewissheit,
erste jägerin am platz zu sein,
noch bevor die beute sich regt.

unberechenbar

der käfer, sagst du, möchte mehr vom leben,
er möchte wild und unergründlich sein.
wird er beobachtet, wirft er sich auf den rücken,
nichts gibt ihm einen krasseren kick
als die verblüffung, die er auslöst damit.

minimalismus

es muss nicht immer
um den angriff gehen,
sagt das krokodil,
mir reicht es
zu lauern.

zugvogel

das hässliche flugtier angst
in wechselndem gefieder,
nistet immer da,
wo du gerade nordest,
brütet wundpunkte aus,
füttert sie mit allem,
was dir fehlt.

auf dem parkplatz gegenüber retten zwei menschen eine schnecke, immerhin das.

schlaflos II

pixelst dich nachts ins siliziumhell
brauchst nicht mehr als dreizehn zoll
zum träumen. der mond ein blasses icon,
belichtet deine angst im dunkeln,
bis wind die wolken westwärts wischt,
die fenster jetzt auf bildschirmschoner.
zu hoch die auflösung deiner gedanken,
sie trailern verdrängtes bildmaterial,
den flugplatz, die schwalben, grünen kord,
nur klicken und warten und weiterpixeln,
bis draussen ein heller balken den tag neu lädt.

nuit blanche

sie sagen: bien sûr, das keuchen, der winter,
die trüben laternen, im schachspiel der nacht
fällst du zwischen die felder und in dich hinein,
während fernfahrer die pfützen pflügen,
dich erinnern an: strassen, schwimmbecken, stein
und du dich hochziehst am sims, die zunge hinten,
ganz hinten im mund, und weit weg bellt ein köter,
husten die tauben, vas-y, stürm ein wasserglas,
schreib dir beipackzettel für solche nächte,
die fletschend aufziehen wie feige gewitter.

nachruf

blind hängt der mond
zwischen den gardinen
wie ein auge ohne pupille,
ein nutzloser spanner,
eine kugel aus eis
in einem drink,
der nichts hilft.

in dir ist keine wolldecke, von der du bisher nichts gewusst hast.

ausdifferenziert

ich habe nur ängste,
sagst du,
keine allüren.

zwielicht

als hätte hier schon immer ein strohhut für dich gelegen,
als hätte das feldgelb sich eigens für dich aufgeockert,
als würden sich über nacht die traktoren verschieben
und sämtliche mücken die tonart wechseln, als liesse sich
aus den früchten deines zorns immer nur gemüse schälen,
als würde sich am ende des blickfelds das fressgelb
zu strohenen fäusten ballen, als liesse jeder halm sich
noch zum hut verflechten, als könnte sich kein rascheln
zwischen die beeren in deinem brustkorb legen,
als gäbe es noch feste zu feiern, die dich nichts angehen.

frostfest

jeden tag hab ich worte an den zaun gehängt,
duworte, widerworte, damit jemand sie mitnimmt
und zerpflückt im taschenfutteral,
sie auf einem bussitz vergisst oder auslegt in einer vitrine,
neben pokalen vielleicht und vergilbten muscheln,
damit sie nicht kleben bleiben an mir.
die meisten sind schön, das ist es nicht,
auch schöne worte haben spitze kanten.
die meisten hängen da noch immer nach dem ersten frost,
winterhart am zaun verkapselt, wie dumme hagebutten.

ich glaube, du hast dich verschotet. so was kommt vor.

im ferienhaus

abends, wenn im seetal die laternen angehen,
mir beweisen, dass wieder ein tag überstanden ist,
mach ich mir gierig eine erinnerung an uns auf,
schlinge sie roh und im stehen, lehne dann
klumpbäuchig am kühlschrank und hasse den mond,
der wahllos jeden scheiss versilbert.

dunkelkammer

das graulicht über der donau
entwickelt letzte negative, der mai trägt grau,
nur graugrau und unreife marillen,
und ich möchte mich zurückschicken an dich,
wie den pulllover, den schlüsselbund,
ich bin das letzte hier, das dir noch gehört.

es ist kein problem. es ist eine präsenz.

ans eingemachte

dein schweigen ein einweckglas,
hygienisch ausgekocht deine herzkammerwände,
lückenlos das vakuum deines rückzugs.
weck sie nur ein, unsere essigliebe,
luftleer konserviert hält sich angebrochenes länger.

bruchstellen

unter dünner jetzthaut, wenn die zeit dich blättert:
all deine dunkelstellen, deine hellen fasern,
festgelebte reibungspunkte.
du erodierst von innen mit der zeit,
setzt vielschichten an,
bis du schuppst und dich neu maserst,
damit du nicht verhornst und innen verdunkelst,
damit du dich ablöst und aufbrichst und rissig bleibst,
für streunendes, das dich sucht.

zukunft

es wird regnen, wenn wir uns wiedersehen,
bitter und lavendellos, wird uns den schlafsand
aus den augen wehen und die konjunktive
aus dem mund: ausgestorbene schneckentiere,
am wegrand zu antiquitäten verkalkt,
zu nutzlosen blümchen aus stein.

metaphysik

schau, sagst du,
es ist wie beim kühlschrank,
es gibt nur das, was da ist.

entschuldigung, wo kann ich hier unverschämt scheitern?

schmelze

es regt sich jetzt, was duckte unterm eis,
auf verderb geliehenes gedeih:
fossile, längst fällige verschiebungsmanöver.
unter parketten, waldböden, autobahnen,
unter sandbänken, marmor, kraftwerken, meeren,
schimmern die schuldscheine durch,
lagern sich undenkbarkeiten ab,
bewegen sich die kontinente aufeinander zu.

ich auch

schon immer reif, aber nun greifbar die verschütteten worte,
unterm packeis des kanons regen sich wutpartikel,
begehren auf: genug jetzt, mit dem nektar, der pflückerei,
dem gebeute, gestutze, gejäte, zu viel zeit
und welt schon vergangen auf anderen zungen,
die wurzeln unterm dünneis verweigern die süsse,
behalten sie ein ab jetzt, sie sollen nicht munden,
die nachwachsenden worte, dürfen ruhig hart sein im biss
und zäh beim kauen, frostfest und schwindelfrei,
nicht leicht zu schlucken, das splitterschweigen.
die zeit ist reifer als juliaprikosen, ihr kern schmeckt bitter
und geht schon lange jeden mund etwas an.

zumutung

am feldrand flaumt der mais
sich in die wochen, versummt
zwischen den libellen ein tag ins erste dunkel,
und kurz flaumt und summt und mutet es in dir,
und du traust dir auf einmal die maiswochen zu
und dahinter das jahr.

selbstportrait (w)

ist ein knirschen in den wimpern,
ein krachen in den nackenhaaren,
ist ein reissen und bröseln
um den mund, der schweigt,
der so mühsam zweifel unterzungt,
ist ein schiefes im dastehn,
ein sich beugen hin zum brennenden bauch,
ist ein fletschen der sinne,
in den knochen ein knurren,
ist ein bersten und buckeln und beissen,
ist eine längst fällige verwilderung.

entschuldigung, wo kann ich hier unversehrt scheitern?

entschuldigung, wo kann ich hier ungestört/unbemerkt/ungebremst/unnahbar/unverschämt/unversehrt scheitern?

Variation eines Satzes von Sophie Hunger, die in einem Interview gesagt hat, Berlin sei eine Stadt, in der man noch ungestört scheitern könne (*20 Minuten*, Zürich, 26. August 2018).

kleine eiszeit

Entstanden im Rahmen des Projekts »Netzwerk : Poesie«, Literaturhaus Niederösterreich, Krems, als Antwort auf ein Gedicht von Nico Bleutge. Beide Gedichte nachzulesen in: *Netzwerk: Poesie, Lyrik* v, Edition Aramo, Wien 2018. Antwort hier in leicht überarbeiteter Form.

widerspruch

Die Verse »trauere nicht, sagen die möwen, / es kommen noch weichere tage« variieren eine Zeile von Christine Lavant aus dem Gedicht *Tröstung: »Trauert nicht, Herzen, es warten noch neuere Tage«*. In: *Zu Lebzeiten veröffentlichte Gedichte*, Wallstein Verlag, Göttingen 2019.

venusäpfel und quittenbart

Entstanden für die Ausstellung und gleichnamige Publikation *Beuys und Barbie* von Livio Baumgartner, Dezember 2018.

füchsin

Entstanden im Rahmen des Projekts »Netzwerk : Poesie«, Literaturhaus Niederösterreich, Krems, als Antwort auf ein Gedicht von Helwig Brunner. Beide Gedichte nachzulesen in: *Netzwerk: Poesie, Lyrik* v, Edition Aramo, Wien 2018. Antwort hier in überarbeiteter Version.

zwielicht

Entstanden als Antwort auf ein Gedicht von Alexander Makowka, Strodehne, 2013, hier nochmals überarbeitet.

bruchstellen

Gedicht zur Ausstellung *Spots* von Franziska Baumgartner, Ausstellungsraum Klingental, Basel 2018. Abgedruckt in der gleichnamigen Publikation, Basel 2019.

ich auch

Entstanden im multimedialen lyrischen Austausch mit Kinga Tóth, für eine Publikation des Unabhängige Lesereihen e. V. (erscheint 2022 im mosaik-Verlag).

Dank

Danke an Tristan Marquardt, ohne den es diesen Band nicht geben würde, danke für die Ermutigung, die Unterstützung, den Weg.

Danke an Margaux de Weck, Philipp Keel und den Diogenes Verlag für die Offenheit und das Vertrauen in meine Arbeit.

Danke an Ilma Rakusa für die Rückenstärkung und geschenkte Zuversicht.

Danke an Meike Hermann und die Agentur Graf & Graf für die Begleitung.

Danke an Livio Baumgartner fürs Mitdenken und Dasein.

Danke an Paula Fürstenberg für »es ist kein problem, es ist eine präsenz« und überhaupt.

Danke an Alex für keine Allüren.

Danke an Violeta für die Artischocken.

Danke dem Fachausschuss Literatur BS / BL für die grosszügige Unterstützung.

Danke an die Stadt Zürich für das Arbeitsstipendium Covid-19.

Danke an den Heinz-Weder-Preis für Lyrik 2013.

Danke an Rahel Bünter für das fabelhafte Cover.

Danke an all die Künstler*innen und Projekte für die Kollaborationen, die zum Wachstum dieses Bandes beigetragen haben.

DANKE.

Inhalt

Roman
240 Seiten
Auch erhältlich als eBook

Ada ist eine begabte junge Schauspielerin, doch ihr Leben wird von Ängsten beherrscht. So sehr, dass sie nur noch mit aufwendigen Ritualen zur Ruhe kommt und sich kaum mehr aus ihrer Wohnung traut. Weil sie die Miete seit Monaten schuldig bleibt, setzt der Vermieter ihr seinen Enkel Juri als Mitbewohner vor die Nase. Für Ada ist der junge Mann eine Zumutung, eine Invasion – oder vielleicht doch das Beste, was ihr passieren kann?

Roman
336 Seiten
Auch erhältlich als eBook und Hörbuch-Download

Eine junge Frau steht auf einem Dach und weigert sich herunterzukommen. Was geht in ihr vor? Will sie springen? Die Polizei riegelt das Gebäude ab, Schaulustige johlen, zücken ihre Handys. Der Freund der Frau, ihre Schwester, ein Polizist und sieben andere Menschen, die nah oder entfernt mit ihr zu tun haben, geraten aus dem Tritt. Sie fallen aus den Routinen ihres Alltags, verlieren den Halt – oder stürzen sich in eine nicht mehr für möglich gehaltene Freiheit.

SIMONE LAPPERT, geboren 1985 in Aarau, studierte am Schweizerischen Literaturinstitut in Biel. Mit ihrem Debütroman *Wurfschatten* stand sie auf der Shortlist des aspekte-Preises, ihr Roman *Der Sprung* war für den Schweizer Buchpreis nominiert. Für ihre Lyrik wurde sie mit dem Heinz-Weder-Preis und einem Werkbeitrag des Fachausschusses Literatur Basel ausgezeichnet. Sie ist Präsidentin des Internationalen Lyrikfestivals Basel und war Schweizer Kuratorin für das Lyrikprojekt *Babelsprech. International.* Sie lebt in Zürich.